René Joseph Ménard

Guerre de France

Le crime de Mézières

Antigonos

René Joseph Ménard

Guerre de France

Le crime de Mézières

Réimpression inchangée de l'édition originale de 1871.

1ère édition 2024 | ISBN: 978-3-38813-043-9

Antigonos Verlag est une marque de Outlook Verlagsgesellschaft mbH.

Verlag (Éditeur): Outlook Verlag GmbH, Zeilweg 44, 60439 Frankfurt, Deutschland, info@outlook-verlag.de
Vertretungsberechtigt (Représentant autorisé): E. Roepke, Zeilweg 44, 60439 Frankfurt, Deutschland
Druck (Imprimerie): Libri Plureos GmbH, Friedensallee 273, 22763 Hamburg, Deutschland

GUERRE DE FRANCE

LE

CRIME DE MÉZIÈRES

par René MÉNARD

Prix : 50 centimes

BRUXELLES

IMPRIMERIE ET LITHOGRAPHIE DE E. GUYOT

12, rue de Pachéco, 12

1871

LE
CRIME DE MÉZIÈRES

A chacun selon ses œuvres.

I

Nous commençons par prévenir le lecteur que le titre de notre brochure n'implique de notre part, en quoi que ce soit, une tendance à l'effet. Nous avons la ferme volonté de relater ici des faits dont l'histoire impartiale s'emparera avec avidité quand son burin gravera d'une manière ineffaçable tous les événements de l'immense drame dont la fin est encore imprévue. Nous considérons comme un devoir, nous qui croyons fermement que l'homme honnête se doit à l'humanité et à la patrie, de stigmatiser les bourreaux cyniques, les traîtres à leur pays, tous les criminels enfin que la postérité vouera à la honte et au mépris éternel.

Avez-vous vu Bazeilles, vous qui nous lisez? Avez-vous vu cette cité détruite froidement, le lendemain de la bataille de Sedan, par des soldats ivres de vengeance? En tout cas, la photographie aura mis sous vos yeux l'image de ses ruines hideuses. Eh bien, Mézières, dont le chevalier sans peur et sans reproche défendit jadis glorieusement les remparts, Mézières dont les habitants, suivant leurs traditions loyales, croyaient avoir à se défendre contre des ennemis visibles, Mézières est à voir plus douloureux que Bazeilles. Une carrière abandonnée, une lugubre fondrière : tel est l'aspect qu'offre au visiteur cette pauvre ville qu'on se hâte de fuir en pleurant.

Le véritable titre de cet exposé eût dû être : le double crime de Mézières, car, ainsi que nous allons le démontrer par d'irrécusables preuves, non-seulement les Allemands se sont rendus coupables du plus grand des forfaits en anéantissant, à l'aide de leurs engins formidables, et les habitations et leurs habitants, mais les chefs militaires chargés de la défense de la place doivent autant, sinon plus que ces derniers éprouver les remords que leur a légués une conduite digne d'un exemplaire châtiment. Pour nous donc, deux crimes bien distincts résultent du bombardement de Mézières : le crime prussien et le crime français. Parlons du premier.

Quand, rentrés dans vos foyers et assis devant l'âtre, le soir à la veillée, vous direz à vos proches et à vos amis les terribles émotions de votre campagne de France, quand vous raconterez ces luttes gigantesques, oserez-vous, soldats de Guillaume, si votre mère ou si votre fiancée vous écoute, vous exprimer franchement sur ces opérations cruelles que vous appelez le siége des places fortes ? Vous direz : Nous étions là, devant une ville entourée de murailles derrière lesquelles était abritée une armée moins nombreuse que la nôtre. Nos canons étaient incontestablement supérieurs à ceux de nos ennemis. Plusieurs de nos batteries pouvaient lancer à de très-grandes distances des projectiles d'un poids énorme.

Ces projectiles, en touchant leur but, éclataient avec un bruit épouvantable et leur œuvre de destruction dépassait ce que l'imagination peut rêver de plus monstrueux.

La lutte alors ne dut pas être de longue durée, vous répondrait aussitôt une de ces voix aimées, la brèche dans l'enceinte fortifiée fut l'affaire d'un instant, et, comme vous étiez supérieurs et par les armes et par le nombre, un seul assaut suffit pour vous rendre triomphants.

A ces paroles parties du cœur, à ces paroles naïves qui vous remettront en souvenir qu'il existe encore, malgré Moltke et votre roi, des lois naturelles qui s'opposent à la violation des droits de l'humanité, votre bouche restera muette et le remords, si toutefois la guerre ne vous a pas ôté la conscience, vous étreindra comme un serpent. A votre place nous compléterons le récit :

Non, bonne mère, non, généreuse fille de la Germanie, les choses ne se passèrent pas ainsi que votre âme chevaleresque et candide avait pu se l'imaginer. Point de brèche dans les remparts, point de vaillantes trompettes sonnant la charge, point de soldats aux habits en lambeaux, qui, baïonnette en avant, surgissent sous les décombres; point d'assaut.

Il existe pour les despotes, pour ces gens hors nature, des moyens qui, pour être moins nobles, n'en sont que plus efficaces quant à la reddition des villes. Mézières en éprouva largement les effets.

Le 30 décembre 1870 avait vu la fin des préparatifs nocturnes faits par les soldats de la Prusse en vue de cet acte sauvage qu'on appelle un bombardement. Le jour même, la ville était avertie qu'incessamment les canons allaient tonner contre elle, et le lendemain, en effet, à la pointe du jour, l'avertissement reçut son effet. A partir de ce moment jusqu'au jour suivant dans la matinée, c'est-à-dire pendant une durée de trente heures environ, la pluie des bombes incendiaires, des projectiles explosibles, ne cessa pas. L'objectif de l'artillerie allemande était le centre de cette pauvre cité aux maisons hautes et entassées, dont les sous-sols et les caves étaient remplis d'une multitude de tout âge et de tout sexe. Ces infortunés s'aperçurent bientôt du peu de sécurité que leur offraient ces retraites ; mais, pour beaucoup d'entre eux, la fuite fut impossible : les éboulements et les incendies leur avaient fermé les issues. Là moururent, du plus affreux des supplices, plus de cent créatures innocentes dont les malédictions ont dû faire tressaillir leurs bourreaux.

Qu'on se figure les bruits épouvantables de la canonnade et de ses projectiles éclatant, qu'on se représente l'incendie presque général avec ses pétillements sinistres et ses nuages épais de noire fumée, les effondrements des murailles, les cris de détresse, les hurlements de douleur; que, par les yeux de l'imagination, on voie la mère au regard terrifié, un enfant dans ses bras, enjambant les blocs de pierre et les poutres enflammées, se diriger vers un point où elle croit trouver le salut. Qu'on rassemble, en un mot, dans son idée tout ce que l'on peut rêver de plus horrible, de plus hideux, de plus épouvantable, de plus terrifiant ; tel sera le spectacle de ce forfait appelé le bombardement de Mézières.

On peut donc conclure que le principe de la guerre moderne, suivant la méthode allemande, peut se résumer ainsi : Une ville fortifiée possède du matériel et une garnison de 3,000 hommes. Pour se rendre maître aux meilleures conditions possible de cette ville, de ce matériel et des troupes qui doivent les défendre, il faut détruire les habitations et massacrer les habitants. N'est-ce pas d'un cynisme inouï?

Mézières, en signe de capitulation, après 28 heures de mortelles angoisses arbora le drapeau blanc. Deux heures plus tard, les boulets allemands pleuvaient encore sur elle. Les bombardeurs avaient mis 120 minutes à apercevoir ce drapeau.

Un dernier trait devait à jamais flétrir cette armée d'outre-Rhin, qui se prétend orgueilleusement la première entre toutes celles des nations civilisées. Après la capitulation, les troupes assiégeantes firent leur entrée, tambours, fifres et musique en tête. C'est en jouant les plus beaux airs de leur répertoire et sans cesser un seul instant que ces nobles vainqueurs traversèrent les rui- nes fumantes de la cité anéantie.

Mais tout n'est pas dit. Il reste encore à la charge des Allemands un fait dont la signification n'échappera à personne et qui permettra de mesurer la profondeur jésuitique de leurs sanguinaires conceptions.

Charleville, cité ouverte touchant pour ainsi dire à Mézières, de laquelle un seul pont la sépare; Charleville, peuplée de 10,000 habitants, reçut une quantité d'obus évaluée à 700 ou 800, par l'effet desquels deux personnes furent tuées et 15 blessées. Mais ce que nous pouvons affirmer, c'est que si Mézières eût capitulé quelques heures plus tard, les Prussiens devaient s'en prendre à Charleville de cette obstination prolongée et renouveler dans cette dernière les scènes de terreur et de désolation dont ils avaient affligé la ville forte.

Oui, si le drapeau blanc eût tardé à se montrer, Charleville était brûlée. Sa destruction était résolue à l'avance. Oui, nous affirmons nous avoir été dit par un jeune officier de l'artillerie prussienne que cette infamie devait être consommée dans le cas de plus longue résistance. Avec une morgue, une jactance et un orgueil dignes d'un hobereau germain, cet homme, très-jeune encore, nous parlait de ces éventualités terribles comme de choses tout à fait ordinaires. Nous en avions le cœur réellement serré. — Ah! Teutons, vous avez gagné des batailles, mais vous avez perdu la conscience. Laquelle de ces deux choses est préférable? l'avenir nous le dira.

Et maintenant, citoyens de la grande patrie humaine, c'est à vous que nous adressons cette question: le bombardement de Mézières est-il un crime prussien?

Quand un pays livré à l'invasion confie à ceux de ses enfants qu'il considère comme les plus intelligents et les plus courageux le soin de sa défense, le grand honneur qui incombe à ces derniers leur indique suffisamment que le sacrifice de leur vie doit être fait à l'avance. Le plus petit manque d'activité dans l'exercice de leur commandement est un acte coupable, et l'inaction, quand la lutte est possible, est un véritable crime.

Hommes craintifs, dans d'aussi solennelles circonstances, sachez faire litière de votre vanité ! Ne la mettez jamais en balance avec l'intérêt général. Oui ou non, vous êtes à la hauteur du poste qu'on vous confie. Si vous ne savez pas mourir, la République n'a pas besoin de vous.

Aucun fiel, qu'on le sache bien, n'est jamais entré dans notre âme, mais nous le disons hautement : notre conviction est que pas un des chefs auxquels fut confiée la défense de Mézières n'a compris sa mission, n'a rempli son devoir. Pour nous, ainsi qu'il a déjà été dit, leur conduite a été aussi criminelle que celle des Allemands, et la succession de faits que nous allons dérouler sous les yeux du lecteur suffira largement à consacrer nos assertions.

Notre examen portera sur l'ensemble des faits accomplis du 24 décembre 1870, date de l'investissement complet de la place par les Prussiens, au 2 janvier 1871, jour où les assiégeants entrèrent dans la ville. Nous procéderons d'une façon chronologique pour l'exposition succincte de ces faits et nous demanderons ensuite à l'autorité militaire ce qu'elle a fait de vraiment utile à la défense pendant ce laps de temps de huit jours.

Le 25 décembre donc, toutes les communications de Mézières-Charleville avec le dehors étaient interceptées. Celle qui relie ces villes à Givet par la vallée de la Meuse, la plus importante en un mot, était occupée par l'ennemi, qui y avait deux postes : l'un à Bel-Air et l'autre au-dessous du village d'Aiglemont, dans la maison du garde-barrière du chemin de fer. Mais ce que les chefs militaires ne devaient pas ignorer, c'est que le nombre de fantassins ennemis, gardant ces deux points situés de chaque côté de la Meuse, ne dépassait pas de 150 à 200. Des patriotes de la garde nationale, honteux de voir dans l'inaction les troupes de ligne, les mobilisés, les francs-tireurs, toute la garnison en un mot, dont l'effectif, sans compter la garde nationale, dépassait 3,000 hommes, demandèrent à tenter un coup de main sur Bel-Air dont la réoccupation, même aux yeux de tous, semblait on ne peut plus facile. Il leur fut répondu que l'ennemi serait délogé par le canon. Le canon tira, route de Flandre, sur des maisons qui ne renfermaient que peu ou point d'Allemands. Jamais pourtant plus belle occasion ne s'était offerte pour aguerrir les mobilisés qui eussent volontiers attaqué Bel-Air.

Le 26, la place envoie sur Bel-Air quelques boulets

qui n'amènent aucun résultat. Elle fait brûler, route de Flandre, les deux maisons bombardées la veille. Le 27, nouveaux coups de canon sans autres effets utiles. Défense formelle de l'autorité militaire de laisser procéder contre Bel-Air à une attaque réclamée par des gardes nationaux. Ordre de ne pas attaquer, se tenir sur la défensive, telle était la volonté du chef de la défense.

Le 28, le 29 et le 30, la place reste dans une complète inaction. On laisse l'ennemi tranquillement établir ses batteries sans songer à l'inquiéter en aucune manière, sans même chercher à connaître l'emplacement de ces batteries.

La place est avertie, dans l'après-midi de ce dernier jour, qu'incessamment le bombardement commencera.

Par suite de cet avertissement, la défense fait prévenir les habitants que le lendemain, à 10 heures du matin, il leur sera délivré des billets de refuge pour les casemates.

Or, le lendemain, à l'heure assignée pour cette distribution, déjà plus de dix maisons étaient en feu tant à Mézières qu'à Charleville. Dès 7 heures du matin, les Prussiens avaient commencé leur œuvre de destruction.

La journée du 31 tout entière, la nuit suivante et toute la matinée du 1er virent se continuer sur la place et sans interruption la canonnade la plus intense. On riposta faiblement en quelques endroits, aux bastions St Julien par exemple, mais cette résistance dura si peu qu'on peut, sans crainte d'être démenti, affirmer qu'après deux heures de bombardement tous les assiégés, sans en excepter un seul, étaient convaincus que s'obstiner plus longtemps à ne pas capituler était faire acte de folie (1).

Le 1ᵉʳ janvier, à la naissance du jour, le drapeau blanc fut hissé sur Mézières. L'ennemi n'en continua pas moins d'envoyer jusqu'à 11 heures du matin ses obus sur la ville.

Un peu avant la fin de cette œuvre terrible, l'autorité militaire expédia des parlementaires vers divers points occupés par l'ennemi. Ces derniers traversèrent, difficilement certains postes de francs-tireurs et de troupes de ligne. Ces soldats, voyant la ville anéantie, s'opposaient à la reddition et voulaient continuer la résistance.

Le feu des canons allemands cessa à l'heure indiquée plus haut. La population put alors sortir de ses abris et contempler dans toute son horreur le tableau de la plus effroyable destruction.

Vingt-quatre heures s'écoulèrent encore avant que le vainqueur fît son entrée dans la place. Il était réservé à Mézières, pour comble de malheur, de voir pendant ce temps se passer dans son sein des scènes qui feront la honte éternelle de ceux qui, le pouvant, n'ont pas eu le courage de les prévenir ou de les réprimer. — Les approvisionnements de toute sorte furent laissés

---

(1) Dans le courant de cette journée, le maire de Mézières, voyant que l'autorité militaire restait dans une inaction absolue quant à la défense, demanda qu'on rendît immédiatement la ville, espérant éviter de nouveaux malheurs. Il lui fut répondu : « Le Comité de défense est en permanence et il avisera. »

Une réponse semblable fut faite à un colonel qui avait parlé dans le même sens que le maire.

La municipalité de Charleville, elle, resta muette devant ces paroles empreintes d'une incroyable barbarie : « Les dégâts de votre ville ne sont pas assez considérables pour qu'on se résolve à capituler maintenant. »

à la disposition d'une multitude sans frein qui organisa un hideux pillage et gaspilla sans mesure. On spécula même sur ces matières abandonnées. Ceux qui purent accaparer en assez grande quantité revendirent à vil prix.

Des tonneaux de vin et d'eau-de-vie furent défoncés par les soldats. Une partie de la garnison s'enivra. Et pendant que se passaient ces scènes navrantes, l'autorité militaire resta obstinément cachée. Seuls et impuissants contre cette foule, le préfet républicain Dauzon, plusieurs notables de Mézières et de Charleville, indignés mais fermes, et comprenant leur devoir, luttèrent et cherchèrent en vain à rétablir l'ordre. Honneur à ces citoyens !

Nous allons maintenant, après cet exposé sans commentaires, apprécier impartialement la conduite des chefs de la défense. Nous allons justifier, de la façon la plus irréfutable, l'accusation que nous portons contre eux, nous faisant forts après la guerre de l'appuyer par des pièces authentiques et par des témoins oculaires.

Chacun sait qu'au lendemain de la bataille de Sedan la place de Mézières, en raison du peu de valeur de ses engins de défense et du mauvais état de ses fortifications, n'eût pu résister à une attaque régulière même pendant deux jours. L'ignorante, l'inerte administration bonapartiste n'avait rien fait pour parer à une éventualité quelque peu sérieuse.

Paris, objectif des Prussiens, fit que ces derniers négligèrent Mézières, avec l'intention toutefois d'y revenir plus tard. Leurs troupes d'observation s'en tinrent néanmoins à une distance de 3 kilomètres et fournirent, sauf pendant l'armistice, aux francs-tireurs et aux autres troupes de la garnison de nombreuses occasions de guerroyer presque toujours avec succès.

La prise de Montmédy vit suivre de près les opérations sérieuses faites en vue de l'occupation de Mézières par les Allemands. L'artillerie de siége qui avait servi à faire capituler cette héroïque petite ville fut amenée dans les Ardennes.

Depuis la défaite de Sedan jusqu'à l'époque dont il est question, cent jours environ s'étaient écoulés, et pendant cet intervalle les chefs militaires de la défense jugèrent à propos de faire exécuter de grands, d'importants travaux en vue d'une résistance vraiment virile. On couvrit des batteries, on blinda en un grand nombre de points, on créa fortins et redoutes dignes d'une illustre défense. On dépensa beaucoup, croyant fermement que ce travail énorme concourrait dans une porportion relative au salut de la patrie.

Quand on pense, directeurs commissionnés de la défense, que tout, activité, travail, argent, fut dépensé en pure perte. Complétement nul fut le résultat.

Est-ce notre faute, répondrez-vous, si l'ennemi brûla la ville au lieu de s'attaquer aux remparts?

C'est à ce point délicat que nous vous attendions. Vous êtes, Messieurs les officiers du génie, d'artillerie et autres, l'intelligence et la science militaires. En ce qui concerne la guerre, vous devez tout savoir, tout prévoir, chercher à empêcher tout ce qui peut entraver vos plans.

Mais vous êtes restés les serviteurs à gage de l'homme fatal à la France et nous ne demandions à votre tiède patriotisme que ce qu'eût pu faire un citoyen quelconque ignorant complétement la science des opérations militaires.

Or ce citoyen eût su ce que vous avez ignoré jusqu'au lendemain de la capitulation :

Que l'armée allemande d'investissement ne se composait que de 4,500 hommes.

Il eût connu à 10 mètres près la position de toutes les batteries de l'ennemi.

Il n'eût pas ignoré comme vous que plusieurs de ces batteries, et les plus redoutables, ne se trouvaient qu'à 2,100 mètres de la place. 2,000 mètres !

Il eût pu, ce citoyen, car la peur ne l'eût pas cloué dans son fauteuil, faire exécuter vingt sorties ou reconnaissances qui l'eussent renseigné parfaitement, aguerri les troupes de défense, détruit des soldats ennemis et créé des obstacles considérables aux assiégeants.

Il eût pu, en se ménageant des intelligences avec la place de Givet, faire concourir les troupes de cette garnison à la défense de Mézières en les faisant opérer par Nouzon, Damouzy, où elles seraient venues, protégées par les bois, inquiéter les Prussiens. Mais votre crainte folle et votre inertie ont produit sur ces troupes de Givet un effet on ne peut plus funeste. Remontant la vallée de la Meuse, ces soldats se tinrent constamment à deux lieues de l'ennemi. Ils manquèrent à Nouzon l'occasion de tirer leur premier coup de fusil, laissant ce soin à quelques partisans villageois. Après la reddition, la peur leur donna des ailes, et c'est Fumay qui en ce moment les possède dans ses murs.

Mézières-Charleville disposait de 3,000 soldats et de 1,500 gardes nationaux, Givet pouvait fournir facile-

ment 1,500 hommes. Eût-il fallu, dites-le-nous franchement, une légion plus nombreuse à Hoche ou à Marceau
pour détruire les 4,500 Allemands et leur prendre leurs
pièces? Il est vrai que vous n'êtes pas du bois dont on
fait ces guerriers-là.

Votre strict devoir, votre tâche d'honneur se résumait
donc simplement en ces deux points essentiels :

Premier point : Usant des forces relativement considérables que vous aviez sous la main, vous deviez constamment attaquer l'assiégeant dans le but de lui faire lever
le siége. Ce but, vous deviez sinon l'atteindre, du moins
tendre vers lui. Avez-vous fait pour réussir la centième
partie de ce que vous commandait le simple devoir? Non!

Deuxième point : En admettant que vos efforts multi-
pliés n'eussent pas été couronnés de succès; que l'ennemi,
en raison de la lutte acharnée, se fût vu forcé de doubler
ou de tripler son armée de siége; en admettant enfin que
les batteries de bombardement eussent pu être établies,
deviez-vous laisser pulvériser la ville pendant 30 heures?
Non, mille fois non! Le sang des victimes retombe de
moitié survous, puisque tous vous étiez convaincus, au
bout de deux heures de canonnade, que la situation
n'était pas tenable.

Nous insistons à vous répéter ce que vous avez semblé
ignorer. La défense de Mézières, comme celle de toutes
les places se trouvant dans les mêmes conditions, n'est
pas à l'intérieur mais bien à l'extérieur des remparts.

Par l'interrogation suivante, nous allons compléter la
série de nos accusations :

Ainsi qu'il a été dit précédemment, la ligne de commu-
nication avec Givet par la vallée de la Meuse n'était

gardée que par des forces insignifiantes, eu égard au
nombre de vos soldats. Pourquoi, deux heures avant la
capitulation, vous mettant à la tête de ces troupes, n'avez-
vous pas essayé, par cette voie, de vous frayer un pas-
sage facile, vous préservant tous, par cet acte, de la honte
d'avoir été faits prisonniers sans combattre? Répondez,
guerriers patentés!

Il ne nous reste plus maintenant qu'à donner sur ceux
que l'histoire appellera les hommes de Mézières cer-
taines appréciations individuelles qui montreront de quels
éléments se composait le Comité militaire de la défense.

Vous a-t-on vu, vous, colonel omnipotent qui aviez le
titre de chef suprême, haranguant vos soldats, les
encourageant par des ordres du jour, vous portant sur
tel ou tel point menacé, prenant en un mot une part
active à la lutte? Nous vous laissons le soin de répondre.
Sont-ce les deux lieutenants-colonels, qui par le grade
venaient immédiatement après vous, qui se sont conduits
je ne dirai pas comme des soldats, mais comme des
citoyens ordinaires? Non! Tous deux, sous plus d'un
rapport, devaient être éloignés des postes qui exigent du
courage et du patriotisme. L'un, triste échantillon de
l'avancement sur place, n'a que trop fait voir sa couar-
dise. L'autre a dit publiquement, le traître, qu'il ne recon-
naissait pas le Gouvernement de la défense nationale.
Infâmie.

Nous ne parlerons pas des officiers sulbalternes, du
courage et de la loyauté desquels nous n'avons pas douté.
Ces militaires, pour être des vaillants, n'avaient besoin,
comme leurs soldats, que de recevoir des ordres ainsi
conçus : Courez là et sachez mourir.

Nous avons fini avec l'histoire du double crime de Mézières, et nous demeurons convaincu d'avoir fait acte d'honnêteté en stigmatisant les coupables.

Il nous reste cependant encore à faire part au lecteur d'une particularité que nous laisserons à son appréciation.

Le lundi 2 janvier, jour de l'entrée des Prussiens dans la place, le hasard nous fit rencontrer un de nos amis arrivant de Givet et qui, un des premiers, avait pu pénétrer dans Charleville.

Pouvez-vous me dire où je trouverai le colonel commandant de place? nous dit-il.

— Mais, à la citadelle. Pourquoi donc?

— J'ai à lui remettre son brevet de général.